KB118164

기획의 말

그리운 마음일 때 'I Miss You'라고 하는 것은 '내게서 당신이 빠져 있기(miss) 때문에 나는 충분한 존재가 될 수 없다'는 뜻이라는 게 소설가 쓰시마 유코의 아름다운 해석이다. 현재의 세계에는 틀림없이 결여가 있어서 우리는 언제나 무언가를 그리워한다. 한때 우리를 벅차게 했으나 이제는 읽을 수 없게 된 옛날의 시집을 되살리는 작업 또한 그 그리움의 일이다. 어떤 시집이 빠져 있는 한, 우리의 시는 충분해질 수 없다.

더 나아가 옛 시집을 복간하는 일은 한국 시문학사의 역동성이 드러나는 장을 여는 일이 될 수도 있다. 하나의 새로운 예술작품이 창조될 때 일어나는 일은 과거에 있었던 모든 예술작품에도 동시에 일어난다는 것이 시인 엘리엇의 오래된 말이다. 과거가 이룩해놓은 질서는 현재의 성취에 영향받아 다시 배치된다는 것이다. 우리는 현재의 빛에 의지해 어떤 과거를 선택할 것인가. 그렇게 시사(詩史)는 되돌아보며 전진한다.

이 일들을 문학동네는 이미 한 적이 있다. 1996년 11월 황동규, 마종기, 강은교의 청년기 시집들을 복간하며 '포에지 2000' 시리즈가 시작됐다. "생이 덧없고 힘겨울 때 이따금 가슴으로 암송했던 시들, 이미 절판되어 오래된 명성으로만 만날 수 있었던 시들, 동시대를 대표하는 시인들의 젊은 날의 아름다운 연가(戀歌)가 여기 되살아납니다." 당시로서는 드물고 귀했던 그 일을 우리는 이제 다시 시작해보려 한다.

## 기획의 말

그리운 마음일 때 'I Miss You'라고 하는 것은 '내게서 당신이 빠져 있기(miss) 때문에 나는 충분한 존재가 될 수 없다'는 뜻이라는 게 소설가 쓰시마 유코의 아름다운 해석이다. 현재의 세계에는 틀림없이 결여가 있어서 우리는 언제나 무언가를 그리워한다. 한때 우리를 매혹케 했으나 이제는 읽을 수 없게 된 옛날의 시집을 되살리는 작업 또한 그 그리움의 일이다. 어떤 시집이 빠져 있는 한, 우리의 시는 충분해질 수 없다.

더 나아가 옛 시집을 복간하는 일은 한국 시문학사의 역동성이 드러나는 장을 여는 일이 될 수도 있다. 하나의 새로운 예술작품이 창조될 때 일어나는 일은 과거에 있었던 모든 예술작품에도 동시에 일어난다는 것이 시인 엘리엇의 오래된 말이다. 과거가 이룩해놓은 질서는 현재의 성취에 영향받아 다시 배치된다는 것이다. 우리는 현재의 빛에 의지해 어떤 과거를 선택할 것인가. 그렇게 시사(詩史)는 되돌아보며 전진한다.

이 일들을 문학동네는 이미 한 적이 있다. 1996년 11월 황동규, 마종기, 강은교의 청년기 시집들을 복간하며 '포에지 2000' 시리즈가 시작됐다. "생이 덧없고 헐거울 때 이따금 가슴으로 암송했던 시들, 이미 절판되어 오래된 명성으로만 만날 수 있었던 시들, 동시대를 대표하는 시인들의 젊은 날의 아름다운 연가(戀歌)가 여기 되살아납니다." 당시로서는 드물고 귀했던 그 일을 우리는 이제 다시 시작해보려 한다.

뱀소년의 외출

문학동네포에지 040

김근 시집

# 뱀소년의 외출

## 시인의 말

노래를 위한 흐물거리는 각주

1) 태몽은 모른다. 돌아가신 할아버지가 태몽을 꾸었다고 어머니가 전하지만, 그 꿈에 닭이 노닥거렸단 것밖엔 들은 바 없다. 잉어가 품안으로 달려들었다거나 곱상하고 신비로운 아이 하나가 복숭아를 전해주었다거나 마른 못에서 용 한 마리가 솟구쳐 하늘로 올라갔다는 이야기 따위야 모두 남의 이야기다. 할아버지의 뗏장을 들추고 물어볼 수도 없으니 태몽 따위야 있어도 그만 없어도 그만인, 살면서 옷에 붙은 티끌처럼 생각해버리고 말 법도 하지만 그럴 수 없어지는 것이 희한하다. 내가 태몽을 꾸미게 된 연유다. 이렇게도 꾸미고 저렇게도 꾸몄다. 없었던 기억이 있었던 기억이 되어버렸다. 남의 기억이 내 기억이 되고 내 기억이 남의 것처럼 낯설어져버리기도 하고 두 기억이 또한 얼크러 설크러지기도 했다. 태몽이야 설령 안다고 한들 본래 내 기억일 리도 만무하지만, 꾸미다보니 내가 내 태몽을 꾼 것처럼 생각되고 말기까지 하는 것이다. 해서 나는 수백 가지 태몽을 갖게 되었다. 한데, 그것 참 곤혹스러운 일인 게, 가만 보니, 그것은 수백 사람의 태몽이기도 하다. 애초에 그 자리가 비어 있었으므로 수백 사람이 그 빈자리를 채운들, 나는 아무 불만도 없지만, 채우고 채우고 또 채우고 보면, 나는 어디 있단 말인가, 하는 개뿔 같은 의문만 밤새 고개를 쳐드는

것이 아닌가. 그러나 기억도 그럴진대 없었던 내가 수백 사람으로 인해 있어진들 어떠랴, 해도 또 생각해보는 것이다. 수백 사람의 태몽이라면 수천 사람의 태몽은 못 될 것인가, 수만 사람의 태몽은 못 될 것인가, 그 수만 사람은 또한 수만 가지 얼굴을 한 모든 나는 아닐 것인가. 생각의 꼬리 하나를 잡고 흔들리고 흔들리다.

2) 태어난 집은 사라졌다. 몇 해 전 몹쓸 놈의 길이 집을 뒤덮고 갔다. 길이 뒤덮기 전에 우리 식구는 그 집을 황급히 빠져나왔다. 세간도 살았던 모양 그대로 둔 채 오로지 몸만 빠져나와 새로 살 집으로 기어들어갔다. 그 집에는 뒤란이 있고 항아리가 하나 묻혀서 된 우물이 있었다. 뒤란에선 징그러운 붉은 열매들이 열리고 축축한 바닥으로 우산이끼가 자라났다. 붉은 열매들은 항상 내 잇속을 붉게 물들였다. 장독대도 하나 있었는데, 독 안에서 무슨 장이 발효되는지 알 수 없었다. 얼만큼 구더기가 꿈틀거리는지도 알 길 없었다. 한 번도 스스로 그 장독들의 뚜껑을 열어본 적 없다. 우물에는 이따금 뱀이 기어들어가 빠져 있곤 했다. 그 뱀을 꺼내는 것은 늘 할아버지의 몫이었는데, 어머니가 그때 어떤 표정을 지었는지는 아무리 해도 생각나지 않는다. 아버지는 그 집에 거의 없었다. 아버지 없이도, 였는지, 뱀이 자꾸 우물에 빠진 뒤였는지, 그건 모르겠고, 어머니는 그 집에서 자주 유산을 해댔다. 생겨나지 못하고 죽은 아기들은 어디로 갔나. 술

에 취해 주렁도 버리고 돌아오는 길섶에 쓰러져 있던 증조할아비와 얼굴이 반이나 큰 점에 뒤덮여 오래 벽에 똥칠을 하던 증조할미와 할아비의 끝나지 않는 징용 간 이야기와 할미의 때마다 행해지는 비손과 측간 어둠 속에서 눈을 빛내던 구렁이 한 마리와 애장터 쪽에서 몰아오던 비 같은 것들은 사라졌다. 사라져 없으니 기억하기도 어렵다. 기억하려고 애에 애를 보태 써보지만 온전하지 않다. 온전하려고 아예 애쓰지도 이젠 않는다. 그렇대도 그것이 또 없었다고 누가 말할까. 아버지가 태어난 집은 물속에 있다. 어느 해 여름 물 빠진 저수지를 헤집고 다니다가 뼈다귀 하나를 발견했는데, 그것은 아버지가 오래전에 버린 기억의 허연 해골이었더랬다. 새로 이사 간 집은 촌수도 헤아리기 힘든 고모 김덕룡씨가 죽어 사흘 동안 장대비에 젖어 불어 있던 집이다.

3) 뛰며 놀며 자랐던 서울 변두리의 판잣집들과 골목들은 사라져 없다. 배꽃 흩날리던 자리엔 고층 아파트들이 우뚝우뚝 일어서 흔들리고 있었던 것인데, 말해 무엇하랴. 사라지는 것들은 다 어미다. 사라진 것들은 그러므로 다 신화다.

4) 자연으로 옛날로 돌아갈 수 있다고 믿는 자들이 있는 모양이다. 그들이야말로 세계가 아직도 견고하다고 믿는 자들일 것이다. 어느 틈에 부드러운 피부에 싸여 있

는 세계가 제 피부에 생채기를 내어 시뻘건 속살을 보여줄 때 그들은 기절초풍하고만 말 것인가. 어미에게 돌아간들 이미 쭈글쭈글 천만 개 주름을 단 자궁일밖에. 어하리 넘차 어어허.

5) 『삼국유사』 의해편, 「蛇福言不」. 사복(蛇福)이 외출을 했는지도 확인할 길 없지만, 죽은 어미를 장사지내기 위하여 원효에게 찾아간 것만은 분명한 듯 보인다. 열두 살이 될 때까지, 아비 없이 과부의 몸에서 태어난 이 아이는 오직 바닥에 누워만 있었다. 한데 그가 원효에게 찾아가는 길은 구렁덩덩신선비가 제 아내에게 허물을 맡기고 과거를 보러 가는 길 같지 않았겠는가. 시간이나 공간 따위가 거기 정해져 존재한다고 말할 수 없다. 그가 끈적거리는 폐수처럼 사람들이 흘러다니는 종로 바닥을 와보지 않았다고 누가 얘기할 것인가. 그때 모든 사물과 세계가 제 본디 형상을 갖추고 있었는지도 알 수 없다. 사복이 죽은 어미를 지고 띠풀을 뽑아 연화장으로 마침내 들어가기 전까지, 구렁덩덩신선비가 뒤늦게 찾아온 본처와 함께 구멍 속 세계에서 행복하기 전까지, 딱 그전까지만, 시다.

6) 노래로 가는 길은 멀다. 온통 흐물거린다.

2005년 9월
김근

## 개정판 시인의 말

너로부터,

너를 향해

눈부셔도

부서져도

너를 향해

나 무수히

스러지며

다시 살며,

2021년 11월
김근

차례

**4부**

# 1부

# 사랑

그러나 돌의 피를 받아 마시는 것은
언제나 푸른 이끼들뿐이다 그 단단한 피로 인해
그것들은 결국 돌 빛으로 말라 죽는다 비로소
돌의 일부가 되는 것이다

## 밤마다 축제

몸에 꽃 모가지들 돋아난다 돋아나 깔깔거린다 기쁨을 잃은 살갗 시끄러운 꽃 모가지들 측간에서 할미는 빗자루로 내 등을 쓸어내렸다 중이 괴기 먹는디야 중이 괴기 먹는디야 까슬한 빗자루 지나간 자리마다 꽃 모가지들 툭툭 져내렸으나 내 등은 깊게 파이고 파인 살 이랑 사이로 다시 무섭게 돋아나 깔깔거리던 꽃 모가지들 중이 괴기를 먹어도 중이 괴기를 먹지 않아도 먹구렁이처럼 감겨드는 어둠 잘라 짓찧어도 꽃물 한번 들지 않고 기쁨을 잃은 살갗 내가 죽고 죽어도 골백번 고쳐 죽어도 여태도 온밤 내 돋아나 깔깔거리기만 하는 아으 시끄러운 꽃 모가지들

# 어제

항아리 같은 잠의 뚜껑을 열고 사내애는 깨어났다 낡고 낡은 잠 바깥엔 삼백예순 날 종일 비 내리고 빗방울 하나마다 부릅뜬 눈알들 추녀 끝 마당엔 여자가 온몸으로 눈알을 맞고 서 있었다 여자는 희게 젖고, 엄마 나는 저 눈깔들이 무서워요 무서워할 것 없단다 얘야 지느러미나 혓바닥이 내릴 날 있을 거다 저것들은 엄마가 죽인 아기들의 눈깔인가요? 얘야 저것들은 네가 무수한 날에 바꿔 달 눈알들이란다 또로록또로록 굴러다니며 검은 자위들이 본 저 징글징글한 것들을 내가 다 봐야 한다고요? 보이는 건 아무것도 아니란다 얘야 너 같은 건 다 거짓말이란다

눈알 비 맞고 새들이 떨어져 죽었다 희게 젖은 여자가 죽은 새들을 들췄다 새들의 찬 부리 위에는 눈 없이 텅 빈 구멍만 뚫려 있었다 사내애는 제 눈알을 뽑아 여자에게 버렸다 희게 젖은 여자의 옷에 붉은 피 번졌다 여자는 이제 영영 붉게 젖은 여자가 되었다 잎사귀마다 대롱대롱 눈알들을 달고 나무들이 사내애를 쏘아보았다 대지는 터진 눈알들로 질퍽거렸다 없는 눈으로 사내애는 보이지 않는 길을 더듬거렸다 아무것도 아니란다 얘야 다 거짓말이란다 네가 살아 있다는 것도 지느러미도 없이 시들한 혓바닥도 없이 멀리서 항아리 깨지는 소리 들려왔다

## 헤헤 헤헤헤헤,

그날 늙은 어미는 삼단 같은 머리칼을 질끈 동여 묶고 뒤란으로 갔다 작고 붉은 열매들이 드글드글 달려 있는 늙은 어미의 뒤란에는 팔다리 없이 머리도 없이 항아리들이 살고 있었다 시커멓고 무서운 몸을 빛내는 항아리들 속에 무엇이 들었는지 알 수 없었다 아무도 뒤란에 가는 것이 허락되지 않았다 그것은 오래된 금기여서 항아리들 주변에 축축하고 번들거리는 우산이끼들만 도마뱀 비늘처럼 무성하게 자라났다 늙은 어미는 항아리들을 하나하나 온 팔에 쓸어안곤 했지만 좀처럼 항아리들의 꽉 다문 주둥이를 열어보지는 않았다 녹슨 철문이 열리듯이 그날 느닷없이 햇빛이 쏟아졌다 햇빛에서 날카로운 쇠 냄새가 났다 열매들이 일제히 살을 터뜨렸다 뒤란에 낭자하게 흩어지는 작고 붉은 비명들 서둘러 늙은 어미는 항아리들의 뚜껑을 열었다 곰삭은 몇백 년 시간들이 결죽하게 흘러넘쳤다 항아리 바깥으로 아기들이 쭉 말라붙은 목을 뽑아올렸다 눈꺼풀은 굳고 구멍만 남은 코를 벌름거리며 입술도 없이 이만 달각거리고 귀도 짜부라져 눌어붙고 머리칼만 수십 발 자란 아기들, 아기들의 몸 없는 머리를 늙은 어미는 하나씩 뽑아들었다 헤헤 헤헤헤헤, 끝없이 아기들의 입술 없는 이가 늙은 어미를 향해 웃어댔다 아기들의 머리에 대고 어미가 말했다 언제 다 죽을래? 아기들의 머리가 어미에게 대답했다 헤헤 헤헤헤헤, 아기들은 다시 항아리 속에 갇혔다 팔다리 없이 머리도 없이 항아리들은 몸만으로 시커멓고 무서워졌다 늙은 어미는 다시 질끈 삼단 같은 머리칼을 동여 묶고 뒤란을 돌아나왔다 햇빛들이 쇳소리를 내며 슬금슬금 늙은 어미를 따라 나왔다 우산이끼들은 자라고 자라 마침내 커다란 도마뱀이 되었다 그날 울음도 없는 새들이 날아와 뒤란의 작고 붉은 비명들을 쪼아먹었는데 헤헤 헤헤헤헤,

## 오래된 자궁

삼천 걸음 만에 바다에 닿았어 해는 내 한 걸음 한 걸음 역한 그림자 매달아주며 내 등허리 혹처럼 붙어서 왔지 온통 흐물흐물한 소리들이 점령하고 있는 바닷가 그 끝과 처음도 알 수 없이 미세한 소리들에 들씌워져 나무들은 허옇게 마른 가지에서 이파리들을 피워내고 사람들이 제 숨과 함께 벗어놓고 간 가죽들만 해변 여기저기 널려 있었어 모든 길짐승들은 사라져 없고 어디서 검은빛 커다란 날개를 단 새들이 날아와 사람의 가죽을 쪼아대고

나는 내가 태어날 바다를 찾아서 왔는데 바다에 닿자마자 해는 내 살을 뜯어먹기 시작했어 해에게 뜯긴 갈비뼈 사이로 밑도 끝도 없이 말이 흘러나오고 모음이 없거나 자음이 거꾸러진 말들은 어떤 빛깔의 소리도 입지 못하고 모래로 부서져내렸어 하얬어 말의 뼛가루들 일곱 밤 일곱 날이 일곱 번 지날 동안 나는 해에게 살을 뜯기고 부서진 말이 수북이 쌓여 사막처럼 번져갔지 내가 왜 태어나려는 것인지 바람에 귀를 문질러보았는데 바람은 내 머릿속으로 쳐들어와 수많은 낭떠러지를 만들고만 가버려

징그러운 혓바닥으로 바다는 내가 쏟아놓은 말의 뼛가루를 허물고 이윽고 내 앙상한 알몸을 삼켜 잡수었어 정충의 부패한 찌꺼기들로 가득한 바다의 침침한 심연으로부터 한 마리씩 푸른 시반을 찍고 태어나지 못한 아이들의 퉁퉁 불은 몸뚱이들이 떠올라왔어 나는 혼신을 다해 허우적거렸지 그때 바다는 수천 갈래 느물거리는 촉수를 뻗어 내 겨드랑이며 사타구니를 핥아댔는데

(헤헤헤 그러니까 나는 물고기 한 마리도 입에 처넣지 못했군 평생 겨우 불가사리 시체나 몇 마리 주워다 탑을 쌓았을 뿐이군 그래 아무래도 이 바다님은 좀 많이 끈적끈적한데 질질질 나를 흘려놓은 것은 무엇일까)

내 살을 뜯어먹고 퉁퉁 부은 해가 두꺼운 구름 뒤로 숨자 모든 것들의 그림자들이 제 본래 몸을 패대기치고 달아났어 바다는 조금씩 흉폭해지기 시작했지 내 몸을 뒤집고 메치고 빨아들였다가 바다가 다시 내뱉고 나는 나고 나는 또 내가 아닌데 가슴속에는 내가 가두었던 말들이 죄 씻겨지고 바다는 내 온 구멍을 열고 들어오는데 구멍으로 썰물 지고 밀물 지고 무슨 노래처럼 들락날락하는 바다에 휩쓸려 나는 말라붙은 성기를 잡아뜯기만 하고

제일 먼저 내 팔 하나가 떨어져나갔더랬지 떨어진 팔을 붙잡으려다가 다리 하날 놓치고 다리에 마음 주다가 내 머리통도 몸과 그만 떨어져버렸어 사지 육신이 모두 떨어져 흩어지자 그제야 바다는 잠잠했지 어디선지 껍질이 뒤집힌 해파리들이 몰려와 떨어진 육신 사이를 흘러다녔어 그때 내 머리통에 달린 눈깔이 어디를 보고 있었을까 그때 내 몸통 바깥으로 튀어나온 심장은 또 몇 분의 몇 박자로 불끈거리고 있었을까

(흐흐 내 새끼가 날 낳아줄 거라구 말이지? 하, 그렇군 아직 나는 사산되어버린 것이 아니란 말이지? 헤헤헤 근데 그 새끼놈이 나를 어떻게 낳아줄 거라구? 무덤도 없이 뗏장도 없이)

바다와 피 한 방울 안 섞었는데도 나는 바다에 섞이고 흐린 시간의 부유물들은 내 해골 사이를 떠다니더란 말이지 차츰 바다의 배아지는 텅 비어가고 여태 붙어 있는 내 해골의 치아 사이로 웃음이 풀어져나오고 실실실 뜻도 없이 풀어져나온 웃음이 바다의 텅 빈 배아지를 채우더란 말이지 나는 내가 나인지 묻는 것도 잊고 말이지 내 눈깔도 이윽고 꺼지고 심장도 마지막으로 한번 꿀렁거리더니 이내 멈추고 말이지 슬슬 껄끄러운 빛무리 몰려오고 결코 썩지 않는 내 영혼은 조금씩 부풀어오르고 흐흐지겹게 나는, 또, 태어나는, 것이더란, 말이지

# 죽은 나무

할미는 알약을 세어본다 문풍지 바깥으로 눈보라 거세고 방안엔 동그란 햇빛 햇빛을 핥아먹고 하얀 알약들 무장무장 늘어가고 할미는 오늘이 어제인지 알지 못한다 짓무른 눈 속으로 나비 한 마리 날아가고 할미는 알약을 한 움큼 삼킨다 줄지 않는 알약들 할미는 봄처럼 노곤해지고 아지랑이 아지랑이 방안의 모든 모서리들이 일그러지고 문득, 할미는 물기 없는 제 가랭이가 가렵다 스멀스멀 가랭이 사이로 기어나오는 하얀 벌레들 벌레들이 방안을 가득 채운다 약을 먹고 내가 버러지를 낳았나 버러지가 나비가 되나 흐흐흐흐 이도 없는 입으로 할미가 한번 웃자 일제히 구겨지는 천 개 주름살 헐거운 제 가랭이를 할미는 들여다본다 에휴 몇 밤만 자고 나면 가랭이 사이로 자식들이 멀쩡하게 걸어나왔니라 눈보라 그치고 할미의 몸뚱이가 자꾸 동그랗게 말린다 말려서 할미는 제 가랭이 열고 아주 들어가버린다 들어가서 나오지 않는다

눈뜨자마자 할미는 알약을 세어본다
우두커니 서 있는 죽은 나무 한 그루

# 우물

어미는 자주 우물 속으로 들어갔습니다 우물 속에는 자주 뱀 한 마리가 똬리 틀고 살았습니다 뱀은 어미를 친친 감아 혓바닥을 날름, 날름거리고 몸부림도 없이 어미는 미친 여자처럼 웃었습니다 어미의 웃음이 닿은 자리마다 싯푸른 이끼가 무성했습니다 아무리 들여다보아도 어미는 좀체 안 나오고 나는 어둡고 축축한 잠 속으로 자꾸 미끄러졌습니다 어미가 안 보이고 우물가엔 빨랫감이 쌓여갔습니다 똥 냄새가 진동했습니다 증조할아비는 죽지도 않았습니다 증조할미도 잘 안 죽었습니다 내 잠은 낡은 항아리처럼 자꾸 금이 가 잠에서 깨면 겨드랑이에 한 장씩 거친 비늘이 돋아났습니다 나는 무슨 구렁덩덩신선비인가요 이상하게 아비가 보이지 않았습니다 몇 번의 봄 가을이 가고 또 몇 번의 여름 겨울 할아비가 우물에서 어미를 건져낼 때마다 어미의 몸은 부지깽이처럼 마르고 단단해졌습니다 어떤 날은 우물에서 아기도 몇 마리 함께 건져졌는데 그 아기들의 몸에도 비늘이 묻어 있었습니다 간혹 잘못 건져진 아기들은 다시 우물에 빠져 영영 돌아오지 않았습니다

어느 날 나는 우물 속의 뱀을 죽여버렸습니다 어미가 빠지지 않는 우물은 점점 차고 투명해졌습니다 눅눅하고 질긴 시간이 내 몸에 엉겨붙었습니다 혓바닥은 갈라져 묵은 허물 뒤집어쓰고 아직 새로 갈지 않은 송곳니를 세우고 나는 아주 조금씩 어미를 뜯어먹고 아주 조금씩 늙

어갔습니다

# 오래된 아이

아침마다 물안개 끓여올리는 강물에 대고 속으로만 죽고 싶어, 라고 말하는 아이가 살았어 날 흐리고 바람이 아주 늦게 불어오던 날 아이는 습자지 구겨지는 소리로 또 죽고 싶어, 라고 말했대 푸른 물 밖으로 징그러운 이파리들 물풀들이 헝클어졌어 물안개는 끓어오르는데 구렁이 한 마리 기어나오더래 푸른 비늘 무수히 달고 커다란 구렁이가 아이의 입속으로 쑥 기어들어왔지 머릿속에 잠시 흐물거리던 아지랑이 아이는 눈꺼풀만 파르르 떨리다 말았다나 몇 개의 해와 달이 지고 뜨는 밤과 낮 구렁이가 아이의 몸을 파먹기 시작했어 몸이 가벼워진 아이는 죽고 싶어, 죽고 싶어, 죽고 싶어, 라고 연거푸 외쳐댔지 구렁이는 그때마다 아이의 내장을 파먹고 폐와 심장 뇌와 척추 마지막엔 아이의 탁구공 같은 눈알마저 먹어버렸다지 아이의 몸속을 다 파먹은 구렁이는 아이의 똥구멍으로 쑥 빠져나왔어 구렁이의 반짝이는 푸른 비늘이 새카맣게 그을려 있었대 별들이 잠깐 꺼졌다 다시 켜졌는데

아이가 물었어
구렁아 너는 뭐니?
구렁이가 대답했지
나는 길이야

늦게 불어온 바람 탓이라고 아이는 속으로만 중얼거렸어 가지런하지 못한 물풀들은 저희들끼리만 헝클어졌

어 바람의 빗질은 항상 늦어 아이는 껍질만 남아 풍선처럼 부풀어올랐어 아이는 가까스로 죽고 싶어, 라고 다시 말했는데 그만 펑 터져버리고 말았지 뭐야 며칠 뒤에 구렁이는 커다랗게 입을 벌려 아이 하나 토해내었대 죽고 싶어, 라고 말하는 아이와 똑같은 그 아이는 더이상 죽고 싶어, 라고 말하지 않았어 아예 말을 버렸나봐 그날부터 해와 달이 서로 몸 바꿔 떠올랐지만 사람들은 아무도 그 사실을 눈치채지 못했어 천 개의 초록색 혓바닥으로 여전히 늦게 부는 바람을 핥아먹고 나무들은 무럭무럭 자라났어 나무가 한 번 클 때마다 아이는 구역질을 해댔다는군 아이의 입에선 아이와 똑같은 다른 아이들이 마구 토해져 나왔대 그 많은 아이들이 아이는 지겨워졌어 이제 아이에겐 죽이고 싶어, 라고 말하는 버릇이 생겼지 반짝이는 푸른 비늘의 구렁이는 끓어오르는 물안개 속에 아직 있는데

아이가 물었어
구렁아 그럼 나는 뭐니?
구렁이가 대답했지
뒤집어진 길이야

# 江, 꿈

꿈에, 누이야, 살랑거리는 물주름도 없이, 江인데,
이따금씩 튀어오르는 피래미 새끼 한 마리 없이
푸르스름한 대기 살짝 들떠, 未明인지 저녁 어스름인지,
간유리처럼 커다란 인광체(燐光體)처럼, 보일 듯 말 듯
제 꼬락서니 드러내는 나무와 풀과 길과 마을 품고,
가벼이 얽은 얼굴에 드러나는 마맛자국마냥, 서툴게시리
산과 들과 세상이 밝음과 어둠의 바깥에, 흐르지 않고
江인데, 누이야, 허옇게 물안개만 피어올라 몽글몽글,
자울거리는 시간하고 노닥노닥, 안개에 싸여 오두마니, 나,
어디 기척이나, 배곯는 밤부엉이 소리나 어디,
그저 한참을 앉아만, 나, 내가 참말 나인지도 모르게 앉아만,
혹 바람이라도 불었던지 누구의 입김이라도,
배 한 척, 깜깜한 안개 사이로, 삐걱거리며 빈 나룻배,
나한테로 헤적헤적 안개 헤치며 강 저편에서,
없더니 아무리 눈 씻고 보아도, 빈 나룻배
도로 가는데, 강 저편에서 흑흑대는 소리, 헌 광목 치마
찢어발기듯 소리, 온몸의 힘줄이란 힘줄 다 불거져 툭,
툭, 터지는 소리, 소리에 비늘을 세우고 한꺼번에, 안개가, 나를, 나를,
그제야 보여, 파르르 흔들리는 거, 강가의 사시나무 이파리 하나

그 흔들림 속으로 江도 안개도 산도 들도
나무도 풀도 길도 마을도 대기도 어둠도 밝음도
나도 시간도 한가지로 흔들림 속으로, 꿈에 누이야

그만, 몽정을, 나, 너를 보듯,

## 어느 날 봄이 내게로 와서

하루는 툇마루 끝에 팔 괴고 누워
하품 한 자락 길게 뽑으며 먼 산등성이
한켠 그늘과 눈 맞추고 있었더니만,
눈물납디다 채 펼쳐보지도 못하고 낡아버린 하루하루가
얼마나 많습디까 그 먼지 쌓인 하루하루가 다 그늘이 되면
어쩌나, 그나마 모조리 한숨으로 훅 끼쳐들면 흩어지면
어쩌나, 아까워서 그랬드랬습니다 겨드랑이나 갈비뼈 틈바구니
내 사타구니에 여태도 고여 있는 나이, 볕 좋은 날 이불
털어 말리듯 훌훌 바람에 함부로 맡겨버리지 못한 나이가
아까워서 아까워서 그랬드랬습니다 세월이 무슨,
연둣빛 앞산에 박힌 한 점 붉은빛
꽃잎처럼만 그리 귀했으면도 생각했습죠

한데 세월은 참으로 모지락스럽기도 한 것입디다
자울자울 한나절 흐물거리며 한나절 눈 흐리며 나이 타령이나 속으로 하고 누웠는 놈 앞으로 허 참, 봄네가 옵디다그려 연초록 풀잎들은 다 털어버리고 아지랑이 이런 것 개굴개굴 무논 이런 것 죄다 벗어던지고 새살거리는 바람도 없이 본래 봄만으로 몸으로만 봄이란 년이, 머리는 쑥대머리 까치집 얹고 때 전 저고리 반이나마 이미 풀어헤치고 어디서 주워다 둘렀는지 누런 무명 치마 흔

들흔들거려싸며 와서 내 앞에 술 취한 듯 서서 치마를 확 걷어 머리까지 뒤집어쓰고 제 살을 갖다대는데, 아나 먹어라, 아나 먹어라, 하며 한 20년쯤이나 때가 쩔어 허옇게 말라 꼬부라진 거웃 그나마도 듬성듬성 쥐 파먹은 제 년의 보지를 내 얼굴에 코에, 아나 먹어라, 아나 먹어라, 펑퍼짐한 엉덩짝 앞으로 뒤로 궁싯거려싸며 비벼대는데 그것참, 지린내 같기도 하고 달거리 피 냄새 같기도 하고 두엄자리 거름 냄새 같기도 하여 한참을 어질어질 아지랑이 피어나듯 어질어질 이마 한쪽 짚으며 어느새 클클거리는 머릿속이나 가늠하다 잠깐 아뜩하여졌더니 봄이란 년이 글쎄 내 얼굴에 제 보지를 짓뭉개며, 아나 먹어라, 아나 먹어라, 이놈의 새깽이야, 내가 네 에미다, 이놈의 새깽이야, 내가 네 새끼란 말이냐, 그러고는 그년 거짓말처럼, 모지락스런 그 봄이란 년 봄꿈처럼 나른하게 시리 삐비꽃 퍼날리는 먼짓길 따라 가버립디다그려

봄이 그 지랄 염병을 떨고 간 토방에 꽃 하나 졌습디다

새빨간 꽃잎이 다 뭉그러져 떨어진 자리가 빨그스름하니 물들었습디다

신기하게도 그 꽃 꼭 나를 닮아 누워만 있습디다 어매,

꽃 지고 나니 해도 지고 이제는 내 한나절도 아주 다 기울어집디다그려

# 뱀소년*의 외출

1

누가 어미의 장사를 지내줄 것인가 누가
어미의 육체를 장엄하게 썩게 할 것인가
내 갈라진 혀는 여태도 길고 사나우니
내 날카로운 독니로 찢고 발긴
어미의 살점은 또 어느 허공에 뿌려질 것인가

어미이기도 하고 어미가 아니기도 한
아들이기도 하고 아들이 아니기도 한
암소이기도 하고 수소가 아니기도 한
이 질긴 슬픔의 끄나풀을 누가 끊을 것인가

2

무릎이 까진 채 버려진 나무 아래
오누이가 울고 있다 울면 안 돼
울면서 오라비는 우는 누이의 뺨을 때린다
돌아오지 않아 아무도 영원히
오누이의 눈물방울들이 무거운 공기 안에 멈춘다
쉭쉭거리며 나는 혓바닥을 내밀어 눈물을 맛본다
암염처럼 딱딱한 눈물방울들
사라지는 것은 하나도 아프지 않은 거란다

내 몸의 모든 비늘이 가늘게 떨린다
비늘이 고요해지자 나는 오누이를 긴 몸통으로 휘감는다

몸통 안에서 오누이가 으스러진다 으스러져 한데 엉긴다
사라지는 것은 그저 비늘처럼 적막해지는 일일 뿐

무릎이 까진 채 버려진 나무처럼
나는 우는 법을 모른다
긴 몸을 풀었으나 오누이가 보이지 않는다

3
태를 묻지 못했으니 고향도 없다
몇 차례 허물을 벗었는지는 잊었다
허물을 벗어도 허물 안의 기억은
허물 바깥에서 사라지지 않는다
어느 것이 허물 안의 기억인지
어느 것이 허물 바깥의 기억인지
알 수 없다 나는 안인가 바깥인가
몇 차례 허물을 태우면서
한때 번들거렸으나 이제 푸석해진
한 生이 지글지글 타는 냄새를 맡으면서
나는 삶인가 죽음인가
이승인가 저승인가
돌 하나 붙박인 채 꿈쩍도 하지 않았다
거기가 돌의 고향인지는 묻지 않았다

4

주름 자글자글한 소녀를 만난 적 있지
어제가 오늘과 살짝 옷을 바꿔 입는 구멍 앞에서
그 늙은 소녀가 자꾸 풀을 꺾는 것을 지켜보았어
나는 풀들의 꺾인 뼈를 맞추며
늙은 소녀와 내가 아기를 낳으면
뱀이기도 하고 소년이기도 한
할미이기도 하고 소녀이기도 한
아기가 태어날지 궁금했다구

저녁이 한번 부르르 진저리를 쳐
긴 몸통에서 새빨간 성기를 꺼내 나는 오줌을 갈기지

길이 풀어지고 풀어진 길을 거슬러 늙은 소녀가
훠이훠이 구부러진 허리로 걸어와
이 길은 주름이 너무 많아 네 성기처럼
나 늙은 소녀의 늘어진 살가죽을 벗겨내
벗겨도 벗겨도 늙은 소녀는 늙은 소녀야

5

몸을 벗고 말을 벗고 어미가 누워 있네
나는 어미를 모르네
모든 사라지는 것들은 다 어미네

뺏시디뺏신 띠풀을 뽑아내
어미를 지고 나는 거기로 미끄러져 들어가네

여기도 아니고 저기도 아니네 몇천 년 미끄러지네

누군가 구멍으로 거기를 들여다보네
말이 아니라 비로소 그가
내 몸에 새겨진 무늬를 읽어나가네

* 「蛇福不言」(『삼국유사』 의해편). 사복(蛇福)은 사복(蛇伏), 사파(蛇巴) 혹은 사동(蛇童)으로 불리나 모두 '뱀아이'다. 그가 뱀의 형상을 하고 있었는지는 『삼국유사』에서 확인되지 않는다.

## 벌써 오래전, 지금

뒤뜰 감나무 좁은 틈 사이
여자 하나 살았더랬는데
밤마다 여자 나무에서 나와
붉은 춤을 추어댔더랬는데

어느 날 아이 하나 강동강동
여자를 베어먹어버렸다지
여자를 먹고 아이는
감나무 좁은 틈을 열고
들어가버렸다지

떫고 떫은 날
한 며칠 흘러
붉은 감만
다글다글다글다글

# 2부

## 그림자 밟기

1973년의 나가 슬몃 2000년의 내 귓불을 어루만진다 미처 펴지지 않은 손가락에 흠칫 놀란 2000년의 나는 1995년의 나한테로 도망온다 1995년의 나는 거리에서 추위에 떨고 있는 중이다 도시의 모든 공중전화 부스 안에서 눈보라가 몰아쳐나온다 1980년의 나는 1995년의 나를 다독거리지 않는다 1995년의 나가 1980년의 나를 쏘아본다 눈빛이 쨍그랑 깨진다

1980년의 내 구멍난 양말 틈으로 자라목처럼 삐져나온 엄지발가락 1998년의 나가 1980년의 나의 조그만 발가락을 핥는다 꺄르르 햇빛처럼 1980년의 나가 부서진다 2001년의 나가 자취방으로 기어들어온다 술에 취해 1988년의 나가 슬몃 다가간다 2001년의 나의 옷을 찢어발긴다 1988년의 나가 2001년의 나와 살을 섞는다 저항없이 꽃잎들이 들이친다 살얼음을 깨 쌀 씻는 소리 들린다 싸르락싸르락싸르락

2005년의 내 손등이 얼어 터진다 영문도 모른 채 배가 불러온 2005년의 나는 2000년 전 나의 알을 조산(助産)한다 알껍질을 깨자 생기다 만 나들의 팔다리가 흩어진다 2005년의 나는 팔다리를 수습해 제 몸에 묻는다 2040년의 나가 얼굴의 모든 주름으로 2005년의 나를 비웃는다 2005년의 나의 얼굴에 검버섯이 피어난다 몸에선 조금씩 무덤들이 자라기 시작한다

# 강변

사금파리 안을 들여다본다
낡은 비닐봉지처럼 햇빛
힘없이 부서진다 햇빛 속에서
긴 오후를 붙들고 아이 하나
서 있다 폐수로 가득한 강변
아이는 시든 망초꽃 자꾸 움키고

폐수 위로 인형 모가지 하나 떠내려온다
눈알도 없는 인형 모가지로
제 모가지 바꿔 달고
아이는 텅 비어 한나절 어두워진다
아이가 버린 모가지 혼자
강변을 굴러다니고 긴 오후
어지럼증에 시달리는
강과 길과 산과 과수원과 논과 밭
아이가 폐사한 물고기처럼 배를 뒤집자

강둑 위로 반짝,
빛나는 사금파리 한 조각
아직 아이가 들여다보지 않은
그 안으로 낡은 비닐봉지처럼
햇빛 부서지고
얼굴을 바꾼 사내 하나
또다른 사금파리 한 조각 들여다보고 있다

# 골목

구불텅한 골목이 어미들을 토해놓았다 골목이 토해놓은 어미들이 아이들을 토해놓았다 아이들을 토해놓고 어미들은 골목의 좁은 문을 열고 들어가버렸다 아이들에겐 그러나 토할 입이 없다 아이들은 입 없이 자꾸 웃었다 저녁이 되면 골목을 날아다니는 마징가제트 그레이트마징가 철인28호 황금박쥐 짱가 캐산 아이젠보그 아이들은 미사일에 맞고 광선총에 뚫리면서 없는 입으로 자꾸 웃었다 아비들이 돌아오지 않는 골목 두껍아 두껍아 헌집 줄게 새집 다오 없는 입으로 아이들이 노래 부르면 낡은 판잣집이 날아가고 새 판잣집이 골목으로 날아들었다 아이들이 아무리 노래를 불러도 어미들은 좁은 문을 열고 나오지 않았고 아비들은 골목으로 돌아오지 않았다 아이들이 자라고 자라도 입이 생겨나지 않았다 없는 입으로 자꾸 웃을 뿐 아이들은 입 대신 똥구멍으로 회충을 토해댔다 숨막히게 배꽃 피는 밤 아이들은 제 몸에서 성기를 잘라냈다 아이들의 성기가 커다랗게 부풀어 골목을 가득 채워도 골목은 끝내 입 없는 아이들을 토해내지 않았다

# 어미들

어미들은 대형 슈퍼마켓에서 아기들을 한 근씩 산다 오늘 막 활어차에 실려 도착한 아기들은 신선하고 물컹하다 까만 비닐봉지를 하나씩 들고 어미들은 거리를 서성인다 까만 비닐봉지에 담긴 아기들이 무릎쯤에서 대롱거린다 해가 질 것 같지만 지지 않는 저녁이 길고 너무 일찍 가로등은 켜진다 아비들은 늘 늦는다 아무것도 준비하지 않는 아비들은 어미들이 준비한 아기들의 맛을 모른다 긴 저녁 동안 어미들은 돌아오지 않는 아비들의 없는 안부에 조금씩 낡아가고 비닐봉지 안의 아기들은 상했다 상한 아기들을 어미들은 그만 버린다 머리가 몸의 절반인 아기들이 점점이 살점을 흩뿌리며 굴러다니는 거리 저녁은 계속되었고 거리에서 어미들은 사라졌다

이듬해 저녁 아기들은 가로수마다 꿰어져 지독한 비린내를 뿜어냈다 바람이 불 때마다 살점을 회쳐낸 아기들은 겨드랑이에 달린 지느러미를 파닥거린다 공중은 아직 무거워 아기들은 지느러미로 무거운 공중에 무덤을 판다 어미들이 사라진 자리에 이끼와 거웃들 무성하고 늦게 도착한 아비들은 이끼와 거웃을 엮어 아기들이 파놓은 무덤 안에 커다란 집을 짓는다 가로수마다 걸린 아기들을 걷어 아비들이 이끼와 거웃들의 집으로 들어가버린 뒤 집을 열고 배부른 어미들이 걸어나온다 제 배를 찢어 벌리고 이윽고 어미들은 새로운 아비들을 끄집어낸다 해가 지지 않는 거리 어미들은 핏물이 덜 빠진 아비들과 팔짱을 끼고 집으로 돌아간다

매일 저녁 어미들은 대형 슈퍼마켓에서 아기들을 한 근씩 산다 얼음 상자 안에서 아기들이 빨갛게 웃는다

## 너는 자전거를 탄다

너는 자전거를 탄다 네가 자전거를 타는 동안 꽃들이 흐드러진다 꽃 핀 풍경이 바퀴에 감겨든다 바퀴 안에서 색깔들이 뒤섞인다 바퀴에 빨려든 색깔들이 포크를 지나 핸들을 지나 팔을 지나 네 머릿속으로 빨려든다 머릿속이 빙빙 돈다 햇살이 팔목을 긋는다 이상하다 피가 솟아오르지 않는다 페달의 관절이 삐걱일 때마다 네 다리의 관절도 삐걱인다 너는 자전거와 한몸이 된다 자전거에서 내릴 수 없다 너는 웃는다 웃음이 빙빙 돈다

너는 자전거를 탄다 억척스럽게 꽃잎들이 네게 달라붙는다 꽃잎들과 함께 시간이 자꾸 네 눈을 가린다 꽃이 지는 것으로 시간이 사라진다고 말할 수 있을까 네가 갸우뚱거리자 자전거 바퀴 아래 고양이들의 내장이 터진다 벌써 여러 마리째 납작해진 몸을 일으켜 고양이들은 흩날리는 꽃그늘로 간다 기어를 바꾼다 꽃잎 속에서 고양이들 납작해진 시간을 펴고 있다 자세히 보니 고양이들은 모두 네가 버린 애인들이다

너는 자전거를 탄다 브레이크가 말을 듣지 않는다 떨어지는 꽃잎을 열고 들어가고 싶다 네가 중얼거리자 재빨리 물먹은 시체처럼 어머니가 네 등에 매달린다 뼈다귀만 남은 아버지가 네 목에서 덜그럭거린다 페달을 구르는 다리 하나씩 잡고 동생들이 아스팔트 위를 질질 끌려온다 자전거가 네 균형에서 벗어난다 자전거가 너를 버린다 너는 안장에서 굴러떨어진다 자전거의 바큇살이 네 머리칼을 감아올린다 너는 웃는다 웃음이 빙빙 돈다

# 너는 자전거를 탄다

# 어느 날 아침

어느 날 아침
색깔 없는 잠에 기대어 차창에 자꾸 머리를 부딪힐 때
지루하게 나이를 먹듯 거리마다 차는 정체되고
차 안의 불투명한 공기를 숨쉬며 문득 차창 밖 인도를 바라볼 때
웬 여자 둘이서 앞서거니 뒤서거니 걸어갈지도 몰라
아직은 파마기도 채 풀리지 않은 말끔한 얼굴로
살짝 풀어진 앞가슴에 실실 웃음 흘리는 중년 여자와
시커멓게 때 낀 손에 까만 비닐봉지 쥐고 여기저기
실밥이 터진 운동화 끌며 그 운동화처럼 우는 여자애
그 웃음이면서 울음인 중년이면서 소녀인
웃음도 아니고 울음도 아닌
그것들이 내뿜는 허연 입김을
만지고 싶어
만지고 싶어
다시 색깔 없는 잠에 기대어 네가 자꾸 차창에 머리를 부딪힐 때

어느 날 아침
보이는 곳마다 정체되는 출근길 거리에서
이 빠진 보도블록 틈으로 가려졌던 흙을 발견해내듯
네가 세계의 틈새를 잠깐 엿보았다고 느껴질 때
그러나 조심해야 돼 어쩌면
날카로운 시간에 가슴을 베일지도 모르니까

너는 그저 숨죽이고 조금 지루한 척만 해야 돼
영혼을 빼앗긴 듯 졸고 있는 다른 승객들처럼
시간한테 의심받을 짓일랑 절대로 하면 안 돼
그 웃음과 울음의 입김으로 세계가
네게 신호를 보낸다고 절대 생각해서도 안 돼
네가 차창에 머리를 부딪히는 어느 한순간
네 색깔 없는 잠이 아주 너를 내려서
영원히 달려가버릴지도 모르니까

어느 날 아침
햇빛은 마분지처럼 구겨지고
거리의 사람들이 모두 절뚝이며 지나가기도 하는 때
.
.
.
네가 잠시 정전되었다가 다시 켜지는 때

# 어두운, 술집들의 거리

그 거리는 어둠의 딱딱한 껍질에 둘러싸여 있어 그게 벽인 줄 알고 사람들은 그만 지나치고 말지 일단 어둠을 밀고 들어서는 자에게 어둠은 스펀지처럼 편안해 그 거리에선 과거나 미래 따위는 중요하지 않아 단지 자신이 영원히 현재인 것만 증명하면 되지 그러자면 몸에 붙은 기억들을 모조리 떼어내야 해 이따금 그 거리에선 기억을 떼어내버린 소년들이 발에 차여

그곳의 술집들은 모두 눈알을 술값으로 받지 사실 술을 파는 것은 눈속임에 불과해 은밀하게 눈알을 사고파는 거래가 이루어진다는 걸 사람들은 모두 알고 있어 푸르고 단단한 웃음을 지으며 사람들은 자신의 눈알이 팔리기만 기다리지 그러므로 술에 취하는 건 용납되지 않아 술에 취하는 건 아직 과거나 미래 따위가 떨어져나가지 않았다는 뜻이거든 현재에 충실한 눈알만이 늘 최상품으로 취급되지

언젠가 이곳에서 한 사내가 죽은 적이 있어 그가 술에 취한 적은 없지만 기억을 떼어버리지 않은 탓이라고 사람들은 속닥거렸지 그 짠한 사내의 축 처진 육체가 마지막에 어떤 눈빛으로 빛났는지 아무도 본 사람은 없어 사람들은 저마다 그 사내가 자신의 눈을 달고 있었다고 주장했지 얼마 뒤 사내는 몸에 네온이 감긴 채 그 거리의 간판으로 내걸렸어

그 거리에 들어설 때마다 내 눈알이 어떤 사람에게 팔려갈지 궁금해 아직 한 번도 내 눈알을 사간 사람은 없어

다른 사람에게 팔린 내 눈알이 그의 얼굴에 박혀 어떤 유전적 저항에 직면하게 될까 의심하는 건 이곳에선 금기야 자신의 눈알을 팔고 미처 적당한 눈알을 찾지 못한 사람들은 이곳이 텅 빈 곳인 듯 행동하곤 하지 자신의 텅 빈 눈처럼 이 거리가 마치 존재하지 않는다는 듯이

그 거리는 어디에든 있어 어둠은 모두 그런 거리를 하나씩 잉태하고 있거든 도시의 골목 한 귀퉁이를 지나다 미끈하고 딱딱한 어둠을 만나게 되면 네 온몸을 밀어넣어봐 틀림없이 그 거리로 들어가게 될 거야 기꺼이 네 눈알을 빼낼 용기만 있다면 말이지

## 모래바람 속

자욱이 모래바람 몰려와 어디 숨었을까 빛바랜 금딱지처럼 박혀 있던 해 하나 회사 빼먹고 종로에서 영화 한 편 봤어 지옥으로부터* 전화가 왔지 네게서 노래가 듣고 싶어 김광석의 나른한 오후가 죽었잖아 김광석은 벌써 오래전 일이야 그의 콘서트에는 한 번도 못 가봤지 서울은 급속하게 사막화가 진행중이야 그를 사랑했지만 지금은 전혀 나른하지 않아 아무렇지도 않게 그가 죽었을 때 나는 그의 육체가 보고 싶었어 그의 성기가 어느 쪽을 향하고 있는지 소용없는 일이었어 번번이 친구야 내가 얼마나 너를 사랑하는지

너도 알지? 나는 곧 잊혀질 거야 봄은 자꾸 가래를 끓여올려 건물들은 서서히 마모되고 거리에 번지는 선인장 가시들 뱉어낸 가래처럼 꽃들은 폐허 위에서도 피어나 나는 그림자를 잃어버렸어 가위로 오린 종이인형처럼 훨훨 모래바람 속으로 날아가버렸지 먹먹한 공중으로부터 새들은 거듭 폐혈증의 울음을 전해와 서울은 잊혀진 도시야 거대한 사구들로 뒤덮여 봄도 봄이 뱉어낸 꽃들도 새들의 피울음도 기억을 잃어 조각난 유물처럼 나는 곧 잊혀질 거야 네 목소리에선 오래된 술냄새가 나는군 야릇해 내 성기가 지금 어느 쪽을 향하고 있는지

맞혀볼래? 사람들은 허우적거려 터번도 없이 가냘픈 그들이 돌아가는 길을 결국 찾게 못 찾게? 끔찍해 사람

들의 눈이 지워지는 게 보여 코도 입도 흩날려 몽달귀 같은 사람들 불어다녀 조금씩 모래에 섞여 누런 몸의 가루들 오늘이 어제인지 내일인지 알 수 없어 너무 누레서 어느 때라도 생각난 듯 김광석은 죽어버릴 테고 그는 잊혀진 도시의 풍화작용을 견뎌내지 못할 거야 노래를 불러줄 수 없어 미라처럼 짜부라진 성기를 달고 끝내 나는 너에게 졸리운 오후 나른한 오후 물끄러미 서서 바라본 하늘**을 두텁고 어두운 이 바람 속 회사가 어디였더라?

* 조니 뎁 주연의 영화 〈From Hell〉.

** 김광석의 노래 〈나른한 오후〉 마지막 부분.

## 바깥 1

사내는 천천히 눈을 떴다 나는 어디에 있는 것일까 종로경찰서 맞은편 가로수 아래 새벽 공기에 파장을 일으키며 차들은 도로를 질주한다 도로를 벗어나는 차는 없다 사내는 가방을 잃어버렸다 그의 의식은 보도 위에 방치되었다 지갑과 읽다 만 책 푸른색 노트 한 권이 가방 안에는 들어 있었다 순식간에, 사내가 중얼거린다 사라져버렸군 육교가 사라진 탓이야 이곳에 육교가 있었다는 걸 사람들은 기억할까

사내는 가방 안의 책 제목도 기억하지 못한다 어디까지 읽었을까 나는 어디까지 살았지? 지갑 안에 몇 장의 지폐가 들어 있었는지도 사내는 잊었다 푸른 노트를 탐낸 게 분명해 그런 푸른 노트는 아무나 갖고 있지 않지 이젠 추억에서 암모니아 냄새가 나 노트가 푸르기 때문이야 지독해 사내는 유일한 목격자인 가로수를 탐문한다 오랜 침묵이 사내와 나무 사이에 놓인다 사내는 나무를 흔든다 후드득, 사내 위로 떨어져내리는 새들

눈이 흐려지고 사내는 모래를 게워낸다 다시는 아트선재에 영화를 보러 가지 않을, 모래는 사내의 바짓가랑이 사이로 쏟아진다 다시는, 여의도에 자전거를, 제길, 않을, 모래와 사내의 말이 섞인다 게워도 자꾸 사내의 입에 고이는 모래알 모래 씹듯이 술을 마셨나 모래가 사내의 발목을 덮는다 타클라마칸, 고비, 사하라를 삼켰나 낙타가

되어, 사막 같은, 너를, 건너야 하나 모래가 그치자 사내가 피식 웃는다 여긴 바늘도 없어

비로소 사내는 전화를 건다 바깥이야 안이라구? 아니 바깥이야 사내는 다시 전화를 건다 안이라구? 아니라구? 아무것도? 사내는 다시 전화를 건다 너도 바깥이니? 수화기를 떨어뜨리고 사내는 길을 건너간다 육교가 사라진 탓이야 차들이 빠르게 그의 곁을 지나간다 도로를 벗어나는 차는 없다 도로 한가운데서 사내는 길 건너를 본다 순식간이야 육교가 사라진 건 여긴 전혀 다른 세계야 바깥이야 사내는 천천히 눈을 감는다 나는 가방을 잃어버렸어 새벽 풍경이 한번 갸우뚱거린다 길 건너는 너무 멀다

# 바깥 2

귀를 잃어버렸어 귀를 잃어버리고 나는 거기에서 여기로 왔지/걱정하지 마 귀는 얼마든지 다시 주문할 수 있어 괜찮은 택배회사를 통하면 금방 도착해/귀는 어느 날 툭, 떨어져버리더군 사람들은 그게 구겨진 종이컵인 줄 알았을 거야/외계인 귀 당나귀 귀 임금님 귀 늑대나 토끼 귀는 어떤가/귀를 툭툭 차거나 밟으며 지나간 사람들은 금세 거리의 거대한 입속으로 빨려들어가/택배회사 직원들은 영악하다구 자넬 못 찾을 리 없어/구겨진 귀는 잘 펴지지 않아/구겨지지 않은 시간이 어디 있나/걱정되는 건 내가 지나온 공기의 주름이야/잊어버리라구 코끼리 귀를 붙이면 날 수도 있다네/내 귀는 아직 거기에 있어 귀가 없는 얼굴은 어색하군/눈이 없는 얼굴은 어떻고? 코가 없는 얼굴 입이 없는 얼굴은?/그러고 보니 자넨 밋밋한 얼굴밖엔 없군 자네 나를 들을 수 있나? 말할 수는? 냄새는?/물건은 확실해 믿을 만한 회사를 내가 알고 있지 자넨 귀를 고르기만 하면 돼

귀를 잃어버렸어 유폐된 소리들이 사람들의 입을 떠나 떠도는 게 보여 소리들은 커다란 공처럼 뭉쳐져 거기에서 여기로 굴러와 아직 내 귀는 거기 있어 사람들은 그게 구겨진 종이컵인 줄 알지

## 담벼락 사내

오래된 담벼락을 지날 때는 조심해야 한다 좀처럼 모습을 드러내지 않는 사내는 얼핏 찌든 세월의 오줌 자국이나 부식된 시간이 만들어놓은 얼룩처럼도 보이지만 그의 눈은 담벼락에 박혀 항상 우리를 노리고 있다 쫓기던 사람이 담벼락 근처 그늘 속으로 사라져버렸다면 일단 사내에게 혐의를 둬라

언젠가 취객 하나가 고궁의 어둠 속을 지나다 그의 그림자가 담벼락에 드리워지는 순간 사내에게 덜미를 잡힌 적이 있다 때마침 불어닥친 비바람에 취객은 고장난 우산처럼 담벼락을 따라 굴러다녔다 사람들은 날개가 꺾인 커다란 박쥐인 줄 알았다고 증언했다 몸만 빠져나간 옷을 발견한 건 다음날이었다 옷은 아직 온전히 몸의 형태를 갖추고 있었다 사람들은 모두 입을 다물었다 담벼락 속으로 사내가 취객을 끌고 들어갔다는 사실을 아무도 입 밖에 내지 않았지만 사람들은 며칠 동안 담벼락 근처엔 얼씬도 하지 않았다 어느 밤 으슥한 담벼락에 기대 키스를 하다 사라져버린 젊은 사내의 행방은 아직도 묘연하다 밀가루 반죽처럼 물렁물렁해진 미처 사라지지 않은 애인의 손 하나를 부여안고 남은 여인은 담벼락 앞에서 오래 울었다

쓰러질 듯 쓰러지지 않는 오래된 담벼락을 지날 때는 조심해야 한다 아무도 실제로 본 사람은 없지만 오늘도 담벼락엔 껌딱지처럼 달라붙어 사내 하나가 그의 주민을 물색중이다

## 공중전화 부스 살인 사건

때마침 공중전화 부스가 뚜벅뚜벅 걸어왔다 후드득 지상의 중력과 내통한 첫 빗방울들이 두꺼운 구름장에서 손쉽게 끌어내려진다 사내는 중력에 지친 발을 잠시 쉰다 너무 멀리까지 사내는 흘러왔다 첫 침투에 성공한 빗방울들은 재빨리 거리에 스며든다 물보라 일으키며 보도블록에 새겨진 사람들의 발소리가 순식간에 녹는다 눅눅한 예감으로 부스 안은 흐려지고 유리문 바깥으로 흐물흐물해지는 상점 간판들 무거운 짐처럼 가까스로 수화기가 사내의 귀에 매달린다 너를 죽이러 왔다 의뢰인을 밝히진 않겠다 그건 그의 프라이버시니까 너는 가장 사소하게 죽을 수도 있다 갑각류처럼 껍질이 손상되지도 않은 채 여기에서 저기로 건너가는 것이다 가볍게

비는 거리를 점령한다 후드득득 비의 침공은 점점 격렬해지고 보이지 않는다 저마다 커다란 우산을 펴들고 나무들처럼 빽빽하게 거리를 메우던 사람들 빗방울의 필사적인 저항을 받으며 자동차는 도로를 질주한다 자동차의 속도는 그러나 비의 흡착력을 이기지 못할 것이다 비에게 엔진을 매수당한 채 자동차는 결국 멈춰 서고 말 것이다 한 번도 가보지 않은 거리에서 죽을 수 있는 행운은 아무나 차지하는 게 아니지 네 운명 따윈 이야기하지 마라 네 운명을 결정하는 것은 이곳을 가득 채운 곰팡이 같은 예감일 뿐 그건 이미 네 몫이

아니다 너무 멀리까지 사내는 흘러왔다 부스가 비의 습격을 견뎌낼지 사내는 의심스럽다 비의 침투 경로를

파악하기란 쉽지 않다 가늠할 수 없는 바깥 비가 유리벽을 뚫고 들어오리란 것은 상상하지 못한 일이다 몸서리치며 사내는 외투에 달라붙는 빗방울들을 털어낸다 털어내도 거머리처럼 또다시 흡반을 들이대는 빗방울 사내의 얼굴에서 핏기가 가신다 뻣뻣해진 손이 그만 수화기를 놓치자 사내는 갑자기 울음을 터뜨린다 사내의 무릎 근처에서 대롱대롱 중력에 지친 수화기가 흔들린다 조준되지 않는 사내의 손은 미친듯이 비치용 전화번호부를 뒤적이기 시작한다 나는 너를 죽이러 왔다 의뢰인을 밝히진 않겠다 그, 건 그의 프, 프라이버시다……

# 늙은 오후

햇빛의 주름을 헤아리다 늙은이의 손이
얇고 지저분한 살가죽 안에서 헐겁게 움직이기 시작한다
늙은이는 모이를 뿌린다
모이가 바닥에 채 흩뿌려지기 전에
새들의 살찐 몸뚱이가 하늘 곳곳에서 떨어져내린다
뒤뚱거리며 새들은 순식간에 늙은이를 에워싼다

오직 그것을 위해서만 태어난 듯이 새들은
무서운 속도로 모이를 찍는다
부리의 속도를 따라잡지 못한 늙은이의 그림자가 조금씩 훼손당한다
모이가 떨어지자 늙은이는 쉽게 불안에 감염된다
새들은 아직 늙은이를 둘러싼 바리케이드를 풀지 않는다
죽지를 퍼덕이며 연신 꾸르륵거리며

단춧구멍 같은 새들의 수많은 눈들이
점점 더 늙은이를 좁혀온다
잠시 뒤 늙은이의 굽은 몸이 고사목처럼 쓰러지자
새들이 재빨리 늙은이를 뒤덮어버린다
뇌수로 허옇게 번들거리는 부리에
질긴 살점을 한 점씩 물고
새들은 시커멓게 날아오르고

모든 게 세월 탓이야
늙은이가 남은 힘을 다해 중얼거린다
공원이 음산하게 늙은이와 새들 사이를 가로지른다
서서히 정적이 부풀어오른다
노을이 제 마른 살가죽을 공원 위에 뒤집어씌운다
늙은이도 새들도 길을 잃는다

## 종점 근처

지하도 주둥이를 빠져나오자
얇은 여자 하나 나를 가로막았다
여자의 텅 빈 눈은
아무것도 비추지 않았고,

저랑 얘기 좀 하실래요?
아뇨 그럴 생각 없어요
그저 잠시만 함께 있으면?
같이 자는 건 어때요?

외눈박이 가로등이 몇 번인가
노란 눈을 껌벅거렸다
자세히 보니 여자는
그림자를 달고 있지 않았다

왜 하필 저죠?
이곳엔 당신 말곤 아무도 없으니까요

비좁은 계단으로 여자는
나를 데려갔다 내가 어두워지자
모서리가 너덜너덜해진 손으로
여자가 내 팔목을 잡았다

저…… 도에 대해 들어본 적 있어요?

잽싸게 나는 여자를 구겨
후미진 골목에 버렸다
적어도 나는 그 얇은 여자를
찢어버리진 않은 것이다

## 무서운 설경(雪景)

죽은 자들의 말이 전해졌다
뇌성마비로 이십 년을 버틴 청년과
오래 중풍을 앓던 초로의 사내가
무거운 허공을 헤엄쳐
저기서 여기로 건너온다
한 번도 본 적 없는 그들이
내 귀에 어두운 꽃씨를 심는다
귀가 간지럽다 나 죽은 뒤
내 귀에도 꽃 피어날까

꽃 핀 봄날
가루눈이 날리기 시작했다
가루눈은 곧 폭설이 되었다

나는 산 자 하나를 기다렸다
폭설이 어둠의 모서리를 깎아내리는 거리
산 자는 좀처럼 오지 않았다
축축한 눈을 한 짐씩 이고 사람들은 귀가를 서두른다
때늦은 추위에 웅크리고 가는 저들이
산 자인지 죽은 자인지 가늠할 수 없다
그들 사이로 십 년 전에 죽은 젊은 사촌형이
가벼이 지나간다 그는 내게 눈길 한번 주지 않는다
갑작스런 간질 발작으로 그는 1층 난간에서 떨어져 죽었다

나를 알아보지 못한 채 흰자위 가득한 그의 눈동자가 눈 속을 떠다닌다

산 자와 만나 술을 마신다
입술이 새파래진 나는 죽은 자 쪽에 가깝다
술집 바깥으로 삼십 년 만에 눈은 무섭게 퍼붓고
숯불로 환한 술집에서
아직 핏물이 덜 빠진 생살들 시커멓게 익어간다
다시 보니 붉고 푸른 시반 피워내며
나와 마주한 자는
사촌형의 앳된 얼굴을 하고 있다
입안에서 죽은 자들이 씹힌다
그들이 남긴 고기가 질기다

너무 쉽게 산 자들의 도시는 마비된다
발을 동동 구르며 산 자들은 집으로 돌아가지 못한다
아무도 무서운 설경을 예감하지 못했다

산 자는 설경 안에 나를 버린다
하얗게 형체를 잃어버린 거리에서 자꾸
죽은 자들이 나를 통과해간다 서서히
내 귀에선 어두운 꽃씨들이 발아하기 시작한다

# 3부

## 이월

그리 깊지도 않은 내 몸속 어딘가에 현악기가 하나 들었나봅니다 밤이 되면 텅 빈 내 몸은 커다란 울림통이 되고, 차고 딱딱한 어둠으로 가득 채워지지요 좀처럼 들여다볼 수 없는 어둠들은 늘 따로따로 제 울음이 깃들 현들을 더듬거린답니다 소리를 찾지 못한 어둠들은 가끔 눈이 되어 내리기도 하구요

한 번도 켜지지 않은 그 낡은 악기에는 활대도 없답니다 (날개가 없는 것들에는 활대가 필요하지요) 어두컴컴한 늑골 언저리 웅크린 악기의 둔중한 떨림이 느껴질 때는 아픈 등불만 깜박깜박거렸구요 누가 내 몸속에 악기를 넣어두었을까 의심하는 사이 또 한 켜의 먼지가 내려 쌓이고 먼지에 못 이기는 이월, 자주 몸을 누이고 싶었습니다

이따금 그 불쌍한 현악기에 잎이 돋는 꿈을 꾸곤 한답니다 악기를 버리고 나무가 되는 꿈 말이지요 (퉁겨지지 못하는 현들은 모두 잎이 되는 모양입니다) 무성한 이파리들이 한꺼번에 몸을 흔들면 불협화음으로 솟구치는 새떼들의 날갯짓이 보이는 듯도 하지요

상한 소리들이 휴지처럼 너저분한 아침이면 내 몸을 빠져나간 야윈 길들은 내내 얼었다 녹았다 했습니다

# 마음속 폐가 한 채

그 집은 언제나 오래된 포도나무
덩굴로부터 어두워졌다 덜 익은
포도 한 알의 어둠이
세포분열을 시작할 무렵이면
오줌이 마려웠다 부풀어오르는
빵처럼 조금씩 팽창하는 우주
햇빛이 제 씨앗들을 모두 거둔
커다란 창문에 천연두처럼
남겨지는 별들 삭아내리는
커튼 위로 쥐오줌 얼룩이 졌다

엉거시풀 우거진 작은 뜨락과
낡은 지붕 사이에 걸쳐진
손보지 않은 사다리 하나
칸칸마다 푸르스름한 공기들
위태로이 진을 치고
아무것도 솟아오르는 법 없이
집 밖으로 향하는 몇 개의 길들은
지독한 먼지를 뒤집어쓰고
뭉그러졌다 결국, 모든 먼지는
짜디짠 어둠이 될 거였다

온 집안이 어둠으로 절여지면
그 집에 사는 아이들은 저마다

한 꺼풀씩 기억의 옷가지들을
벗어놓고 사냥을 나갔다
낮 동안 무섭게 썩어가던
그 집은 밤이 되어서야
부패의 속도를 늦추고 더이상
아무 냄새도 피워올리지 않았다
버려진 나는 초저녁부터
늘 똑같은 꿈에 시달렸다

유약도 입히지 않은 이 빠진 항아리
눅눅한 블랙홀 속에 미라처럼 담겨
쉴새없이 길어지는 손톱과 머리칼
몇천 년 동그랗게 말아올려도
재가 되지 못하는 시간의 낟알들
어린아이의 썩은 이빨 같은
씨옥수수 씹고 씹으며 내가
견디어내기엔 너무 넓은 어둠
모든 부패하지 못하는 것들의 공명통
항아리? 내가 항아리를 잉태하다니

잠이 깨면 모서리진 어둠 속에
달팽이처럼 나는 말려 있곤 했다
그때마다 구석진 방안을 구르며,
네 속의 아이를 죽여 없애!

포박당한 날말들이 끙끙댔다
목구멍으론 아이의 생피가 넘어왔다
새벽이 낡고 해진 그물을 내리면
그물에 걸려든 그 집의 아이들은
또다른 기억의 옷가지들을 꿰어 입고
눈을 뜬 채 잠이 들었다
그들이 묻혀온 바람 속에는
늘 똑같은 비린내가 섞여 있었다

어둠이 소금기를 거두고 간 아침,
그 집은 다시 참을 수 없는 냄새를
피워내기 시작했다 주춧돌은
또 한 뼘 땅 밑으로 꺼져 있고
밤새 아무것도 사냥하지 못한
아이들은 자면서도 똥을 누었다
모든 썩어가는 것들 위에 햇빛은
다시 조그만 씨앗들을 뿌리고
밤이 한 번 지날 때마다 더욱
우묵해지는 뜨락 포도송이들은
더 굵고 탐스럽게 익어갔다

—그 계절이 다 가기 전에 나는 그 집을 나왔다
토해지지 않는 집 한 채 뱃속에 넣고
영원히 썩지 않는 것들 속에서 나 살아남았다

## 잘 접어 만든 종이인형처럼

네 몸을 보여줘, 네가 내게 말하자 나는 네 눈꺼풀을 비집고 들어가고 있었더랬는데 몸은 그러나 좀체 쑤셔넣어지지는 않고, 비틀리고 비틀리기만, 네 눈이 내 몸을 도로 뱉어내었을 때는 내 몸 구석구석 잘 펴지지 않는 구김들만 가득했다는 이야기인데, 말씀이야, 어느 너의 동공에도 사글세 한 칸 얻어 들지 못하고, 나 그저 잘 접어 만든 종이인형처럼 앉아만 있었다는, 나 아닌 곳으로도 가지 못하고 내가 나인 곳으로도 온전히 돌아오지 못한 채, 구겨지고 구겨지기만, 어디 죽어 띵띵 불은 애새끼들이나 굴러다니는 시궁창에라도, 여태도 진홍빛으로 번들거리는 내 성기와 젖꼭지 떼어버리지 못하고, 나 그저 앉아만 있었다는, 평생, 비틀리고 비틀리기만, 구겨지고 구겨지기만, 해서 잘 접어 만든 종이인형처럼이나, 네 몸을 보여줘, 또 어느 네가 내게 말하면 참새가 눈 한번 깜빡거릴 만큼의 망설임도 없이 다시 네 눈꺼풀을 비집고 있을 것이란, 말씀이지, 말씀이구말구,

# 봄밤

어둠 속에서 눈을 뜬다 사람들이
보이지 않는다 내가 사람들을 버렸나
이 길은 익숙하다 살갗에 달라붙는
공기의 끈적거림 침전물이 잔뜩 섞인 폐수처럼
공기는 느리게 거리를 부유한다
이따금 길은 나를 가두고 다시 토해낸다
그럴 때 나는 조금씩 눈이 상한다

휘청거리며 걷다가 쓰러져 잠든 소년 하나를 만난다 그를 일으켜 부축하고 집을 묻는다 아저씨가 날 주웠어요? 내가 버려져 있었다구요? 고맙군요 키스해줄까요? 안심하세요 당신의 심장을 뽑아 먹을 생각은 없어요 그저 누군가의 가슴속에서 나도 살고 싶을 뿐 아저씨 날 가질래요? 곧 아저씨를 버릴 테지만 지금은 거저 주는 거예요 나는 소년을 낙원동 입구에 버린다 미로처럼 웅크려 있던 낙원동 골목들이 한꺼번에 달려들어 재빨리 그를 삼킨다 이런 광경은 어느 영화에선가 본 적이 있다 소년을 버리고 나자 그가 소년이었는지 늙은이였는지 알 수 없어졌다 그를 만나긴 만난 것인가

부러진 시간의 마디마디에서
상한 눈으로 내가 보는 건
절그럭거리는 어둠뿐이다
저 무거운 어둠의 조각들 때문에

시들지도 않은 꽃 모가지들이
툭, 툭, 져내리는 것이다
돌아갈 집이 생각나지 않는다

## 검은 손톱

소년들은 모두 검은 손톱을 길렀네 너무 더디 자라는 손톱들로 소년들의 말 알아듣기 힘들었네 저녁이 되면 공중변소의 아가리에서 게워져 나오는 어둠 어둠 속에서 아직 사람보다 짐승이 많아* 소년들은 서로 물고 뜯었네 물고 뜯으며 벌거숭이 몸과 몸을 맞댔네 주름 많은 항문과 번데기 같은 성기를 맞대고 불거진 갈비뼈와 죽지뼈를 맞대고 밤과 밤을 맞대고 몇백 년 저희들끼리 짓무르고 소년들은 길고 허옇게 꿈틀거리는 회충들을 낳아놓았네 회충들 금세 싹이 트고 어미와 아비와 소녀들이 되었네 길고 허옇게 꿈틀거렸네 길고 허옇게 꿈틀거리는 이제 겨우 어미와 아비와 소녀들인 것들을 손톱으로 눌러 죽이는 것만이 소년들의 유일한 놀이였네 공중변소의 아가리 안에서 벌어진 일이었네 아직 사람보다 짐승이 많아 소년들의 잠 깊고 깊었네 더디 자라도 검은 손톱들은 소년들의 잠 쪽으로 꼬부라졌네 검은 손톱들로 소년들의 잠 굳게 갇히고 소년들의 말 알아듣기 힘들었네 소년들한테는 소년들뿐이었네

* 박상륭, 「무소유」.

# 늙은 왕

네 잠 속에 늙은 왕이 살지 무릎을 부러뜨린 책들로 성벽을 쌓고 탐욕스런 어금니로 잘근잘근 활자와 비유들을 씹어대며 책들이 질러대는 두꺼운 비명으로 네 잠은 언제나 시끄럽네 늙은 왕의 침소에선 책들의 비명 소리에 맞춰 머리가 벗어진 여자들이 날마다 춤을 추지 젖가슴을 덜렁거리며 세번째 젖가슴은 늙은 왕에게 빼앗긴 채 여자들이 춤을 추면 책들의 피로 허옇게 번들거리는 늙은 왕의 이빨은 더욱 빠른 속도로 책들의 생살을 뜯어먹는데 늙은 왕의 잇새에서 튀어나온 책 찌꺼기들로 여자들의 몸이 조금씩 더러워지네 더렵혀진 몸은 가물고 가물어서 터럭조차 자라지 않아 가문 여자들이 춤을 출 때마다 춤에는 자글자글 주름이 파이고 여자들은 언제까지나 늙은 춤을 멈추지 못하지 네가 아무리 꿈을 꿔대도 늙은 왕의 배를 채우기 위해 책들은 끊임없이 학살당하고 여자들이 아무리 춤을 춰대도 늙은 왕은 그들의 세번째 젖가슴을 내어주지 않네 가죽부대 같은 네 잠 속에 늙은 왕이 살지 부패한 냄새를 풍기며 늙은 왕은 결코 죽지를 않고 다만 늙고 늙고 늙어서 늙은 왕의 서기(書記)인 네 잠도 오래오래 늙어가고

# 저녁

푸른 몸의 사내 위를 걷고 있었다

푸른 발바닥을 지나 푸른 무르팍
푸른 음모와 푸른 성기를 지나
푸른 배꼽 푸른 젖꼭지
푸른 입술 푸른 콧잔등
푸른 눈썹과 푸른 눈동자
헝클어진 푸른 머리카락

사내의 푸른 성기가
푸른 정액을 뿜어올렸다
대기에 번지는
비릿하고 푸른 냄새
푸른 냄새를 뚫고
푸른 새들이 날았다
태어나지 못한 푸른 아기들
푸르게 까르륵거렸다

푸른 몸의 사내 위를 걷고 있었다

푸른 몸의 사내가
푸른 손을 들어올렸다
푸른 손가락들은 모두
푸른 나무가 되어 사내를 뒤덮었다

푸른 나무는 자라고 자라
뿌리를 벗고 퍼덕이며 날아올랐다

푸른 아기들이 사내의 몸에서
푸른 심장을 꺼내자
사내의 푸른 몸도 가볍고 투명하게
공중으로 떠올랐다

푸른 몸의 사내 위를 걷고 있었다

사내의 옆구리쯤
내가 흘려낸 말들
소리를 버리고
푸르게 흩어지고 있었다

# 거울

저편에 오래 저녁이 머물러 있었네 어제의 난쟁이들이 시든 성기를 뽑아 촛불을 만들었네 촛불 위에 저녁은 오래 굳은 말들을 떨어뜨렸네 말들은 촛농처럼 녹아내리고 이내 더 오래 굳은 말들이 되어갔네 어떤 날엔 비가 내렸네 또 어떤 날엔 눈이 내렸네 붉은 구름들은 언제나 같은 자리를 떠다녔네

날마다 죽은 새가 저편에서 이편으로 날아들었네 깃털이 빠진 죽지를 접고 죽은 새는 낡은 부리를 열어 포도주를 흘려주었네 날마다 나는 한 번도 마셔보지 못한 포도주에 취했네 포도주를 받아 마시자 내 말들은 빵처럼 굳어갔네 천년 전에도 뼈만 남은 거북이 한 마리 엉금엉금 기어서 내게로 왔었네

이편의 태양이 너무 뜨겁게 타오르는 날이었네 남극과 북극이 바뀌고 모든 나침반들은 재빨리 폐기처분되었네 산 것들의 명암이 사라지고 시간은 비둘기떼처럼 날아올라 먼 하늘로 사라져버렸네 굴뚝에선 도무지 연기가 피어오르지 않았네 화덕은 식고 집은 곧 무덤이 되었네 사람들은 모두 제 집에 묻혔네

깡마른 바람이 한번 불자 이편과 저편의 경계가 물렁물렁해졌네 오오오 어디가 이편이고 어디가 저편인지 어디가 죽음이고 어디가 삶인지 물렁물렁해졌네 무덤에서

나와 나는 젤리 같은 경계를 헤치고 저편으로 건너갔네 죽은 새는 더이상 포도주를 흘려주지 않았네 뼈만 남은 거북이가 거만한 자세로 왕좌에 앉아 있었네

영원히 저녁은 이편에 머물러 있네 나는 시든 내 성기를 뽑아 촛불을 만드네 어제의 난쟁이들과 나는 이제 동료가 되었네 촛불 위에서 오래 굳은 말들은 더이상 뭉쳐지지 않는 가루로 부스러지네 어떤 날은 천둥이 울리고 어떤 날은 번개가 쳐내리네 붉은 구름들은 언제나 같은 자리에서만 떠다니고 있네

## 작은 방

어느 날 작은 방 하나가 그를 가뒀다
문이 닫힌 뒤 그는 두 번 다시 바깥으로 나오지 않았다

이따금 독한 담배 연기가 방문 틈으로 새어나왔다
알 수 없는 입김들이 조그만 창문에 어지러운 무늬를 그렸다

그가 없는 날들이 계속되었다 그가 없는 길들이
자꾸 내 몸속에 파고들어 뒤틀린 창자처럼 통증을 일으켰다

담배 연기도 입김도 사라진 뒤 나는 그를 가둔 방문을 열었다
그의 푹 꺼진 육체에서 썩은 내가 풍겨나왔다

나는 서서히 그의 짓물러진 몸 곁에 내 몸을 뉘었다
그의 몸에서 빠져나온 구더기들이 스멀스멀 내 몸으로 건너왔다

허연 구더기떼처럼 꽃피어나는 봄날,

뱀 한 마리 꿈틀거리며 기어나오고
작은 방은 금방 무너져버렸다

# 읽다 만 책

햇빛이, 누렇게 뜬 종이를 갉아먹네
종이 위에 여자 하나
사지를 웅크리고 짓눌려 있네
느릿느릿 좀벌레 한 마리 기어가네
시간이 바스러져내리네
바스러지지 못한 시간은 수천 개
부화되지 못할 알을 낳고,
나는 서둘러 여자에게 가네
여자는 너무 얇고 딱딱하네
바람이 책장을 넘기네
누군가 읽다 만 책을 덮어버리네
형용사도 없이
관절이 꺾이는 글자들
곰팡이들, 사이로 가볍게 먼지가 이네
몇백 년 동안이나
여자와 나는 오래오래 말라갈 것이네

## 섬이 거기 있었다는 사실을

달거리 피 냄새처럼 끼쳐오는 선착장 갯내 사이로 비, 내렸다 뒤집어진 우산을 헤치고 계집아이들 몇 저기서 여기로 온다 비, 뚝뚝 듣는 처마밑 사진기를 내민다 뷰파인더 속 저것들은 곧 우산처럼 뒤집어질 것이다 뒤집어지기 전에 나는 계집아이들의 허리를 싹뚝 잘라낸다 허리 아래만 남은 계집아이들이 사진기를 받아들고 비, 속을 비, 틀거리……

비안개에 싸여 섬은 멀고 부두에서 통통통 깨금발질만 해대는 조그만 배 비좁은 객실에는 늙은이 두엇의 지린내와 젊은이 두엇의 색기가 한가지로 나를 친친 감아 연신 절이라도 올려야 하나, 하는데 뱀 혓바닥처럼 머릿속을 핥고 다니는 멀미떼 아직 절 한 자리 못했는데 늙은이들도 젊은이들도 부옇게 흐려진다 사라질까봐 나 손을 뻗……

코를 벌름거리며 도착한 섬 부두는 이미 갯강구들이 점령했다 거대한 무리의 절지동물들은 발 딛는 자리만 겨우 내줄 뿐 사력을 다해 도망치지를 않았다 어디서 들척지근한 썩은 내가 내 몸에 끼얹어지고 있었다 냄새가 내 몸속을 파고들어 갉아먹고 알 까고 냄새에 먹혀 나는 그만 헛것으로 서 있었는데 스멀스멀 썩은 내를 맡고 내게 갯강구들 몰……

섬이 거기 있었다는 사실을 아무에게도 말하지 못했다
섬만 남고 나는 빛바래 사라……있었……없……

## 연애편지

生에서 휘발유 냄새가 나요 그곳에 가면 화르르 불붙어버릴까요 닳고닳은 生 사막은 무사한가요 방울뱀 한 마리가 그려놓은 무늬를 따라가 당신이 보았다는 푸른 달 그 밤의 젖가슴 안에 얼굴 파묻고 서른 해 넘긴 복잡한 무늬의 목마름 축이고 또 죽이신다구요 가끔 신기루들이 당신을 붙잡기나 하는지요 신기루들 속에 숨어 모래바람 맞고 있는 내가 한둘쯤 두셋쯤 보이던가요 이글거리며 솟아오르는 모래언덕들 맨발로 넘어가면 시간과 함께 모래에 묻힌 도시도 있다지요 도시 한 귀퉁이 아직 발견되지 않은 당신과 나의 미라가 있을까요 당신은 그러나 생선뼈처럼 말라 화석이 되시겠다구요

딱딱한 지층에 눕기 전 낙타나 몇 마리 보내주세요 물혹 사이에서 사람의 생이 몇 번이나 스러진 아주 늙고 지혜로운 놈들로 혹은 뜨거운 바람에 하냥 나부끼는 여인들도 좋아요 마른 살가죽이 천만 개 주름으로 늘어진 자궁을 단, 그래도 낙타의 속눈썹을 지닌 여인들 말이지요 그 여인들과 함께 나는 여기서 순장(殉葬)되겠어요 부장품은 보내시지 않아도 좋아요 죽어서도 사라지지 않을 식욕을 위해 옥수수 몇 낱을 마련해놓았거든요 커다란 항아리만 어두운 입을 벌리고 있는 여기 生에서 휘발유 냄새가 나요 돌아오지 마세요 불붙이지 못할 바엔 모래바람에 깎이며 풍화와 퇴적을 반복하는 당신

건조한 땅에서도 당신 生이 슬퍼 울어본 적 있나요?

# 4부

## 햇볕 좋은 날

시간이 창자 속에서 지독한 냄새를 풍긴다
굵은 소금을 창자에 흩어 뿌린 뒤 박박
문질러 씻어라 제대로 씻지 않으면 말짱 헛거다
다 씻었으면 빨랫줄에 한나절쯤 널어둬라
꼬득꼬득해질 때까지 마르면 되는 거다
다 말랐으면 다시 꾸역꾸역 삼키면 된다
이제 좀 시원한가

벤치에 앉아 졸고 있는 늙은이들
저들의 창자도 한번 씻어서 말려주고 싶다

햇볕 좋은 날, 다 갔다
정육점 불빛처럼 물드는 하늘 쪽으로

아뿔싸, 널어놓은 창자를 쪼아물고
비둘기들이 날은다

길게 창자가 하늘을 가른다

## 비야 비야 비야

사내가 한 번 웃자
먼지 냄새를 이끌고 바람이 불어왔다
사내가 두 번 웃자
일제히 가로수 이파리들이 뒤집혔다
사내가 여러 번 웃자
시커먼 구름떼가 몰려와 도시를 뒤덮었다

바람이 부드럽게 사내의 몸을 어루만졌다
사내는 조금씩 허물어졌다
사람들은 모두 길 위에서 사라졌다
사내의 몸이 다 허물어졌을 때
평생 헝클어져 있던 사내의 머리칼은
물풀들처럼 가지런해졌다

검은 하늘을 향해 사내는 마지막으로
제 몸의 모든 구멍들을 열었다
바람이 사내의 모든 구멍들로 드나들었다
간지러워 간지러워
구멍들이 하얗게 웃음을 터뜨렸다
웃음이 사내의 몸에 부딪혀 부서질 때마다
그 모든 구멍들에서
사내가 잉태했던 빗방울들이 튀어나왔다
도시는 온통 사내가 낳은 빗방울들로 흐물거렸다

사내가 길에 스며들고 난 뒤
사람들은 무시로 축축한 거리를 흘러다녔다
우산도 없이 미친년처럼 자꾸 웃으며
그 길이 사내인 줄도 모른 채,

# 흰 꽃

김덕룡씨가 발견되기 이틀 전 밤은 무섭고 무거워 밤의 무게를 못 이긴 나무들 휘어진 가지에서 바람은 생것인 이파리들을 모조리 뜯어내었다 마당에 비 퍼붓고 비는 거대한 물기둥을 세워 밤의 몸뚱이에 커다란 구멍을 뚫어놓았다 퍼붓는 빗줄기 사이로 김덕룡씨의 꽃시절 설핏 스치고 육십 평생 비만 내리나 빗속에서 무슨 꽃 피나 마당가에는 일 년 내내 꽃만 토하는 징그러운 꽃나무

그 밤 하늘에서 수천 마리 물고기들이 쏟아지는 걸 김덕룡씨는 목격했다 공중에서 빈 몸으로 퍼덕거리던 물고기들 깊은 마당 질퍽한 흙속에 머리 쑤셔박고 스며들고 웬 물고기들은 잎 털린 나뭇가지에 걸려 울어대었다 우엉우엉 지느러미 나풀거리며 창자 드러낸 채 울던 물고기들 비바람에 삭아내리고 마당은 숲으로 가지 못하고 우엉우엉 울다 쑤셔박고 스미고 날아다니는 물고기들로 가득하였다

마당 언저리 검은 돌과 흰 돌이 성큼성큼 마당 가운데로 걸어나와 씨름하는 것도 김덕룡씨는 지켜보았다 처음에는 검은 돌이 흰 돌을 메다꽂았으나 흰 돌에 눌려 그만 솥 걸던 검은 돌이 픽 고꾸라졌다 우르르 번갯불 쳤다 김덕룡씨 눈 하나 깜짝하지 않았지만 번갯불 치는 눈 하나 깜짝할 사이 시간 잠시 굳어 시간과 함께 바람도 비도 밤도 검은 돌 흰 돌도 날던 물고기도 꼼짝없이 굳고

나비 한 마리 날아간다 가벼이 날개 하늘거리며 마당이 끝에서 저 끝으로 비에도 젖지 않고 육십 평생이 저리 쉬이 옮겨가나 속곳 바람으로 김덕룡씨 스르르 검은 돌 곁에 누웠는데 그제야 거미 새끼들 기어나왔다 눈구멍 콧구멍 씹구멍 똥구멍 할 것 없이 사만팔천 털구멍에서도 거미 새끼들 만 하루를 기어나오고 어느 틈에 일찍 죽은 서방도 멀쩡한 아들내미 딸내미들도 기어나와 뿔뿔이 제 갈 길 갔다 나비 날아가고 나비 날아간 쪽으로 김덕룡씨 서서히 눈감았는데

거미 새끼들의 행방 알 길 없고 가죽만 남아 헐거운 김덕룡씨 만 하루 동안 비에 씻기고 젖어서 붇고 오뉴월 땡볕에 썩어 고약하고 그 하루 집은 푸석푸석 낡아지고 마당가엔 일 년 내내 꽃만 토하는 꽃나무 징그러운 흰 꽃들

# 바리데기

할머니 당신이 계신 곳은 서쪽
천 골 주름진 강물 너머
이빨 다 빠져 입술만으로도
눈알 파먹는다는 바람이 부는 곳
흰 머리칼 산발하고 온몸에
똥칠을 하고 웃다 말다
울다 말다 당신
마른 살비듬만 털어쌓는 곳

물기 하나 없이 팽나무 거죽처럼
말라 거무죽죽 똥딱지나 눌어붙은
당신의 자궁 가랭이 벌리고
날 기다리는 곳 아직
날 알아보시려나 사막처럼
번져가는 내 얼굴의 주름살
행여 못 알아보시려나

입속엔 거미들 가득하고
말(言)이 피를 토하고, 살아서도
두 개의 해와 달이
가슴에 박히는, 죽어서도
파닥거리는 물고기
공중에 매달지 못하는
가물고 짓무른 이 땅 건너서

할머니 몸뚱이만으로

거기 닿으면 나 거두어주시겠소
어미 아비 탯줄 끊고 죽은 곳
당신의 자궁 열어 이제 그만
나 쑤셔넣어주시겠소
내 가는 머리와 팔다리 성기도 잘라
찢어진 북이나 크게 울리며 어허이
어허이 노래나 한번 불러주고 할머니

당신이 계신 곳은 머나먼 서쪽
바람이 불 때마다 눈알 빠진 해골들
후드득후드득 육탈된 시간으로 쌓여 넘치는,

# 홀딱 벗는 이 할애비 좀 보아요

저 할애비 좀 보아요 뒤란 우물가 홀딱 벗고 물 끼얹는 저 할애비 새끼 뱀떼처럼 물은 쏟아져 할애비의 불거진 뼈와 늘어진 살가죽 사이 꿈틀꿈틀 요동치네요 어린 나 할애비를 훔쳐보아요 수십 년 베어도 베어도 잎을 피우는 나무 끌텅* 뒤에 숨어

끌텅의 나이테가 한쪽으로 넓어지고 끝내 가문 몸 파고들지 못하는 물의 새끼들 꼬리 흔들며 흩어지고 할애비 앙상한 오금 접고 쭈그려 앉아요 저것 좀 보아요 저 할애비 거무튀튀한 살가죽 늘어진 사타구니 짜부라진 물고기 한 마리 쭈그려 앉아 물고기 떼어내고는 할애비 으허허허 흐어어어,

떼어내자마자 이상하게 그 물고기 퍼덕거리는데 햇살이 파리떼처럼 달려와 비늘마다 들러붙는데요 자꾸 미끄러져 손아귀 빠져나가는 물고기를 할애비 숫돌에 갈아요 날이 선 물고기는 점점 길어지고요 목마른 우물에 던져주려는 줄 알았지요 한데 제 맘대로 하느적거리는 팔다리 겨우 모아 할애비 우물가 축축한 흙에 물고기를 묻네요 묻고 토닥토닥 봉분을 만들고는 다시 한번 가문 몸에 물 끼얹고 할애비 그만 할애비를 벗어요 할애비도 벗고 애비도 벗고 애도 벗고 어, 어, 어?

물고기 한 마리 없이 뒤란 우물은 바싹바싹 마르고요 이제 훔쳐볼 할애비도 없는데요 수십 년 베어도 베어도 잎을 피우는 나무 끌텅 무섭게 나이테를 키우고요 날카로운 물고기들 끌텅을 비집고 나와 무성하게 자라나고요

어린 나 점점 늙어지고요 뒤란 우물가 홀딱 벗는 이 할애비 좀 보아요 흐흐,

* 그루터기를 가리키는 전라도 말. 시조(始祖)를 가리켜 끌텅할아버지라고도 한다.

## 할미는 하루종일 꽃뱀과 논다

정원이 할미를 가두었다 정원에는 아직 말해지지 않은 꽃들 피어나고 밤마다 부풀어올라 삐죽거리는 꽃들의 입술 입술 사이에서 밤새 아기들이 태어나고 할미의 마른 젖가슴에서 흘러나오는 검은 젖 검은 젖을 먹고 아기들은 꽃처럼 시든다 아침이 되기 전에 할미는 제 몸에 구멍을 파고 시든 아기들을 심는다 아기를 심은 자리마다 번져가는 징그러운 꽃무늬들 한번 밤으로 간 할미의 눈은 영영 돌아오지 않고 할미는 영원히 늙고 바스락거리는 허물을 벗지 못한다 정원에는 아직 말해지지 않은 꽃들 무시로 피어나고,

할미는 하루종일 꽃뱀과 논다

## 길, 그 하루 무덥던

1

매미 소리 휘몰이로 반짝이는
미루나무 길 사람은 없고
끝없이 행군하는 초록, 색을 뚫어
눈 아픈 소리의 살(肉), 살들이
길 하나 열고 막는다

더러는 가풀막진 내 가슴
부딪혀 나동그라지다가
더러는 내 어깨며 잔등에
날카롭게 꽂혀드는 서슬 푸른
소리의 날것들 육시럴녀러것

잘근잘근 욕지거리 한 섬이나 씹어뱉어도
삼복 불볕에 개 한 마리 못 잡고,
혀 빼물고 땀 흘리며 가는 이 길이
길인지, 몇백 년 짓물러진
내 몸뚱아린지 알 수 없어

길섶 그늘에 누우면 바람 한 점 없이도
서쪽으로 흘러가는 하늘
나 그만 소리에 갇히고
팔다리 잘려 가눌 데 없는 성기처럼
물끄러미 박혀 있는 구름 한 조각

나 더는 못 가고

2

고삐 풀려 온 들판 헤매다
수소 한 마리
한나절 길게 우네
먼짓길 풀썩이다
그 하얀 울음소리
서산 노을
긴 혓바닥 안에
갇히네

# 비 오는 바다가 시커멓게

그르릉거리며 비 오는 바다가 시커멓게 너를
삼키었는데, 나는 너를 죽이지 못하고,
잡은 손 놓지 못해 바다의 아가리에서 나도
그만 버둥버둥 버둥둥거릴밖에,
한 됫박 흘려보냈나 밭은 신음 소리라도,
비 오는 바다가 비 오는 하늘과 한 몸뚱이 되어
움직거리는 궁둥이에 대고, 알몸으로 비 맞고,
너도 나와 맞배를 하고, 짠물에 젖어 불고,
입술과 입술이 한가지로 삼사월 꽃잎처럼 겹쳐져,
뜨거운 김 피어오르고 모락모락, 네가
나를 만지는데, 잘린 뱀 모가지처럼,
해초 같은 머리칼 건져올리다, 손이,
눈썹 지나 콧등을 스쳐 헐떡거리는 가슴을
더듬어 배꼽도 지나, 흐흐흑, 발가락 끄트머리까지,
철썩, 무슨 배곯는 중음신 하나 일어 달라붙었나, 너와
나 사이에, 오뉴월 들판에서 울부짖는 개처럼이나, 흐흐흑,
우악스런 손아귀로 너는 내 죽지를 으스러뜨리고,
발 네 개가 따로따로 얼크러 설크러지는데,
나는 네 목을 조르고, 네 눈깔 휘까닥 뒤집히고
혓바닥은 몇 치나 뽑아져 나오고, 너는 나를 다 파먹고
나는 너를 다 파먹고, 비어, 껍질만 남아 흐물흐물,
여태도 앞으로 뒤로 흔들어대는 바다의 궁둥이 위로
허옇게 떠오르는 거품들, 비 오는 바다가 시커멓게 너를

삼키었는데, 끝내 나는 너를 죽이지 못하고,

## 입을 다물 수 없는 노래

여보게 이제 그 창문을 좀 닫게 벌어진 내 입술이 오래된 가지의 옹이처럼 말라간다네 다물어지지 않는 내 입에선 그 흔한 쇠비름조차 자라지 않아

마을의 청년들이 모두 숲 너머로 끌려간 뒤부터였나 이상하지 모든 노래는 잊혀졌다네 노래의 기억은 잔광처럼 입술에만 남아 사람들은 모두 입술만 움직거렸다네 오랜 시간이 흐른 뒤 청년들은 돌아왔어 그러나 아무도 청년들을 알아볼 수 없었다네 그들 중 누구도 노래를 기억하는 이가 없었지 청년들은 얼굴을 잃어버렸어

햇빛은 갔네 청년들은 웅얼거렸지 한 천년 웅얼거리다 그들의 허리 굵어지고 굵어진 허리에 잡풀 돋고 우묵해지고 청년들은 여전히 청년인 채로 늙어갔다네 아비 어미도 없이 처녀들도 없이 햇빛은 갔네 청년들은 웅얼거렸지 늙고 늙었네 천년을 늙고 또 천년 비도 없이 구름이 멈추질 않았네 다 찢어진 바람을 입고 발걸음마다 낭떠러지 하나씩 달고 청년들은 또 한 천년쯤 숲의 반대 방향으로 걸어갔다네 햇빛은 갔네 갔어도 그들의 몸엔 이끼 한 장 덮이지 않았네

천년이 여러 번 지나도 내 몸에 심어진 그 모든 것의 씨앗은 싹도 틔우지 않는다네 그것들은 이따금 깊이 박혀 있는 총알의 파편처럼 온몸을 욱신거리게 해 질거나 된 말들만 뱉어내게 하지 내 입술은 여태도 벌어진 채 움직거리고 입에선 그 흔한 쇠비름조차 자라지 않지

햇빛은 갔네 끝, 끝, 끝없이 웅얼거리며 없는 얼굴로,

자 이제 그만 일어나야겠네 내 입을 다물게 해줄 이가 다음 마을엔 있을지 모르잖나

문학동네포에지 040
**뱀소년의 외출**
© 김근 2021

초판 인쇄 2021년 12월 7일
초판 발행 2021년 12월 15일

지은이—김근
책임편집—유성원
편집—김민정 김필균 김동휘 송원경
표지 디자인—이기준 신선아
본문 디자인—유현아
마케팅—정민호 김도윤
홍보—김희숙 함유지 이소정 이미희
제작—강신은 김동욱 임현식
제작처—영신사

펴낸곳—(주)문학동네
펴낸이—염현숙
출판등록—1993년 10월 22일 제406-2003-000045호
주소—10881 경기도 파주시 회동길 210
전자우편—editor@munhak.com
대표전화—031-955-8888 / 팩스—031-955-8855
문의전화—031-955-3576(마케팅), 031-955-8865(편집)
문학동네카페—cafe.naver.com/mhdn
트위터—@munhakdongne
북클럽문학동네—bookclubmunhak.com

ISBN 978-89-546-8399-9 03810

—이 책의 판권은 지은이와 문학동네에 있습니다. 이 책 내용의 전부 또는 일부를 재사용하려면 반드시 양측의 서면 동의를 받아야 합니다.
—잘못된 책은 구입하신 서점에서 교환해드립니다.
기타 교환 문의 : 031-955-2661, 3580

www.munhak.com

문학동네